AF410927

Madeleine VERNET

# Tous les Métiers

*Pièce-Revue en 1 Acte*

Sur des Chansons de Maurice BOUCHOR,
reproduites avec l'autorisation de leur auteur

EDITION DE LA SOCIÉTÉ D'ÉDITION ET DE LIBRAIRIE
de " l'Avenir Social "
A ÉPONE (SEINE-ET-OISE)

1921

PRIX : **1** fr. **25**

MADELEINE VERNET

# Tous les Métiers

*Pièce-Revue en 1 Acte*

Sur des Chansons de Maurice BOUCHOR,
reproduites avec l'autorisation de leur auteur

*Jouée pour la première fois par les
Pupilles de l'Orphelinat ouvrier
d'Epône, à " l'Avenir Social "
de St-Denis, le 9 mars 1912.*

EDITION DE LA SOCIÉTÉ D'ÉDITION ET DE LIBRAIRIE
de " l'Avenir Social "
A ÉPONE (SEINE-ET-OISE)

1921

# A MAURICE BOUCHOR

le Poète et l'Ami de la Jeunesse,

l'Idéaliste fervent,

le Bon Educateur,

*je dédie cette petite Revue, dont il est l'auteur autant que moi-même, puisque ce sont ses chants — chantés journellement par nos enfants — qui m'ont suggéré la pensée de relier ceux qui célébraient les Métiers pour former un ensemble qui soit la glorification du travail humain.*

*Que le poète Maurice Bouchor accepte ce modeste tribut de ma reconnaissance pour la bonne tâche éducative qu'il a poursuivie et réalisée à une époque où les réalisations sont pénibles et difficiles, parce que l'Idéal est trop souvent exclu des préoccupations des hommes.*

*Mais les bons pionniers comme lui ont montré la route aux jeunes que nous sommes. Notre devoir, à nous, est de marcher sur leurs traces.*

*Et nous n'y faillirons pas !*

**Madeleine VERNET**.

# PERSONNAGES

....

LE SEMEUR.
LE LABOUREUR.
PLUSIEURS PAYSANS.      } LES PAYSANS
PLUSIEURS PAYSANNES.
FIGURANTS.

L'INSTITUTRICE : *Une vieille institutrice en retraite.*

DEUX FORGERONS.
DEUX MINEURS.
LE BOULANGER.

LES TISSERANDS { deux femmes / deux hommes

QUATRE COUTURIÈRES.
LE FACTEUR.              } LES ARTISANS
LE MENUISIER.
LE MAÇON.
LE PEINTRE.
LE CHARPENTIER.
LE SERRURIER.
LE COUVREUR.

FIGURANTS : *Quelques ouvriers du bâtiment.*

# DISPOSITION DE LA SCÈNE

Il faut que la scène soit assez vaste, car elle doit, à la fin, pouvoir contenir tous les acteurs et figurants.

Les décors devront être champêtres.

Un banc, pour l'institutrice et les couturières, sera disposé à l'écart, — à droite ou à gauche — du côté opposé à l'entrée en scène des acteurs.

Après le 1ᵉʳ tableau, les Paysans formeront demi-cercle, tout au fond de la scène, — sans paraître s'occuper du jeu des acteurs du 2ᵉ tableau.

# TOUS LES MÉTIERS

## PREMIER TABLEAU

## LES PAYSANS

### SCÈNE I

#### LE LABOUREUR

*Il entre en scène en chantant, son fouet en main.*

— C'est l'heure fraîche du labour,
Chante, alouette, au lever du jour,
Moi j'ai sifflé ; chacun son tour ! *(bis)*
Hors du sillon prends ton vol, chère alouette ;
Vole en chantant au lever du jour.

— Ah ! que le sol est donc bourbeux,
Chante pour moi, chante pour mes bœufs.
Vois comme ils soufflent tous les deux *(bis)*
Vers le ciel d'or prends ton vol, chère alouette ;
Chante pour moi ; chante pour mes bœufs.

(*Levant les yeux vers le ciel*). — Oui, chante,
chère alouette ; chante pour alléger ma tâche, car
c'est un rude métier que le mien.

(*Au public*). — Bien sûr que c'est un rude métier, et l'on est bien fatigué, vous savez, après
une journée de labourage. Mais aussi on est fier
de sa tâche : que ne nous doit pas l'Humanité ?


## SCÈNE II

### LE SEMEUR

*Il entre en chantant. Il porte, attaché à sa poi-
trine, le sac de toile qui contient le grain. —
Le laboureur se retire légèrement en arrière.*


(*Chant du Semeur*)


— Sans te lasser, bon paysan,
Prends de ton grain et jettes-en
Sur les sillons à pleine main,
Lance ton grain !
Fais-nous du blé ! Fais-nous du pain !
. . . . . . . . . . . . . . . . . . . . . . . . . . . . . . . .

Sème pour tous, petits et grands,
Pour les heureux, pour les souffrants ;
Pour que chacun mange à sa faim,
Lance ton grain !
Fais-nous du blé ! Fais-nous du pain !

## SCÈNE III

### LE LABOUREUR — LE SEMEUR

Le Semeur (*se retournant vers le laboureur*). — Tu vantais ta tâche tout à l'heure, camarade ; mais dis-moi s'il ne te semble pas que la mienne soit plus importante : à quoi servirait ton sillon si je n'y jetais mon grain ?

Le Laboureur. — Possible ! Mais que ferais-tu de ton blé, si auparavant la terre n'avait pas été préparé pour le recevoir. Tu sais bien que la valeur du sol augmente la valeur du grain et qu'une bonne terre est indispensable pour obtenir une bonne récolte.

Le Semeur. — Tiens, voici des camarades, ils vont nous servir de juges.

## SCÈNE IV

### LE LABOUREUR – LE SEMEUR

Une dizaine de paysans porteurs d'instruments
divers

Un Paysan. — On se querelle donc par là ?

Le Laboureur. — On discute seulement sur ce point : Lequel de nous deux est le plus utile à l'humanité ?

Une Paysanne. — En voilà une question ? Votre utilité est semblable, voyons, puisque vous n'auriez pas de valeur l'un sans l'autre. A quoi servirait ta tâche, laboureur, si le semeur ne devait remplir le sillon que tu creuses ? Et que ferais-tu de ton grain, semeur, sans une terre bien travaillée pour le recevoir ?

UN PAYSAN. — Bien répondu !

UN PAYSAN. — Est-ce que notre labeur n'est pas égal à nous autres paysans ? Moi je suis jardinier, je fais pousser des légumes de toutes sortes dont chacun a besoin. Voici les moissonneurs qui feront la moisson ; ne sont-ils pas aussi nécessaires que vous, qui labourez et semez, eux qui viendront compléter notre œuvre ?

UNE PAYSANNE. — Bien sûr, mes amis, notre rôle est égal. La société a besoin de nous tous, car c'est par nous qu'elle est nourrie. Nous sommes des paysans, c'est vrai ; mais si les gens aux mains blanches nous dédaignent parce que nos mains sont rudes et hâlées, dédaignons-les, nous aussi. Nous avons le droit d'être fiers, l'Humanité a besoin des paysans bien plus que des autres travailleurs.

4me PAYSAN. — C'est vrai !

*Pendant ces deux dernières répliques, l'institutrice est entrée doucement ; et, passant derrière le groupe des paysans, est allée s'asseoir sur un banc à l'écart. Elle tient un livre qu'elle ouvre, mais ne lit pas, observant les paysans.*

3me PAYSANNE. — Donc, plus de querelles entre nous, camarades. N'oublions jamais le lien fraternel qui nous unit ; et si vous le voulez, avant de nous rendre à nos travaux, nous allons chanter notre chœur des Jacques, qui est bien notre chanson à nous.

Tous les Paysans. — Chantons !

(*Ils chantent*) :

— C'est nous les paysans de France,
Les fils des Jacques d'autrefois,
Sur qui pesa de tout son poids
Un temps de cruelle souffrance.
On n'est pas heureux tous les jours.
— Souvent le fruit de nos labours
Engraisse un oisif de la ville ;
Mais il n'est pour tous qu'une loi ;
L'ouvrage est dur, mais point servile,
Sur son lopin on est chez soi.
Vivent les Jacques !
Paysan aux robustes bras
Chante Alleluia, car voici tes Pâques !
Libre à jamais tu resteras.
Vivent les Jacques !

*Les paysans se reculent en demi-cercle au fond de la scène. L'institutrice a feuilleté son livre et s'est mise à lire.*

# DEUXIÈME TABLEAU

# LES ARTISANS

## SCÈNE I

### LES FORGERONS

*Deux forgerons entrent en chantant. Ils sont en tenue de travail, un marteau à la main.*

(*Chant*)

> Devant ce rouge feu d'enfer
> Battons le fer.
> Vaillant travail rend l'homme fier.
>
> Le lâche seul, croisant les bras,
> Ne peine pas.
> Chantez, marteaux ! Hardi les gars !
>
> Marteaux d'où va jaillir l'éclair,
> Brillez en l'air,
> Tombez, marteaux ! Frappez le fer.

*Pendant qu'ils chantent, ils miment leur travail avec leurs marteaux.*

1er FORGERON (*se tournant vers les paysans retirés au fond de la scène*). — Et nous donc, qui forgeons vos outils, ne sommes-nous point aussi utiles que vous, paysans, qui cultivez la terre? Est-ce avec vos doigts et vos ongles que vous pourriez la préparer, creuser le sillon, herser, bêcher ?

2ᵐᵉ FORGERON. — Et puis, tous les autres outils dont les hommes ont besoin! La pioche pour défoncer le sol trop dur, sur lequel se briserait la bêche ; la faulx qui vous sera nécessaire, ô moissonneurs, pour couper la récolte mûre. Et les fers pour vos chevaux. Et bien d'autres choses encore dont la liste serait trop longue. Les forgerons sont indispensables aux paysans.

1ᵉʳ FORGERON. — Ils sont indispensables à tous les hommes, mon frère. L'industrie, le bâtiment ont besoin de nous. Dans toutes les constructions nous sommes nécessaires. Nous ne nions pas la beauté de votre œuvre, ô paysans ; mais appréciez la grandeur de la nôtre.

*(Reprise du dernier couplet).*

> Marteaux d'où va jaillir l'éclair,
> Brillez en l'air.
> Tombez, marteaux ! Frappez le fer !

*Les forgerons se reculent sur le côté de la scène, sans se mêler aux paysans.*

## SCÈNE II

### LES MINEURS

*Ils ont en main des pioches. Ils entrent en scène du pas lourd du travailleur fatigué.*

*(Chant).*

### I

Il en est qui s'en vont chercher leur vie en mer,
Ils labourent la vague et l'âpre vent d'hiver.
        Mais le ciel les illumine,
        Ils lui font de gais saluts.
        Pour nous autres, dans la mine,
        Le soleil n'est plus.

### II

On travaille dans l'ombre avec de grands efforts ;
Une ardente sueur baigne et noircit nos corps
        Sous la houille, avec sa lampe
        On s'enfonce on ne sait où.
        Dans la nuit où l'homme rampe
        Gare au feu grisou.

1ᵉʳ Mineur (*à demi tourné vers les forgerons*). — Vous pourriez ne pas nous oublier, camarades forgerons ; car c'est nous qui, aux dépens de notre vie, allons chercher dans le sein de la terre la houille de votre forge. C'est grâce à nous, mineurs, que vous pouvez accomplir votre bienfaisant travail.

En chantant, vous frappez l'enclume. Votre métier est rude, mais il est allégé par la gaieté.

Vous jouissez de la lumière du jour, des rayons du soleil. L'hiver, la flamme de votre forge ranime votre courage, illumine votre atelier, vous donne encore le reflet de ce soleil, père de la terre, cette terre dont il nous faut fouiller les flancs, nous autres, pour en extraire le noir charbon, providence des hommes. auxquels il rapporte un peu de la bienfaisante chaleur du soleil.

2<sup>me</sup> Mineur. — Tandis que nous, les noirs ouvriers de la houille, nous passons notre vie dans les ténèbres. Pour nous, c'est toujours la nuit, car nous descendons au puits dès l'aube et n'en remontons que le soir venu. Nous ne jouissons du soleil et du ciel bleu qu'aux courtes heures du dimanche. Nous ne pouvons pas connaître la vraie gaieté, car nous avons toujours la menace du grisou qui pèse sur nous. Le feu, ce bon feu de la houille qui vous réjouit, forgerons, nous le redoutons nous autres. C'est par centaines que se chiffrent les mineurs qui ont trouvé la mort au fond du puits.

(*Chant*).

Le mineur dit pourtant : « Je veux rester au puits.
C'est d'abord pour ma femme et pour mes chers
       Puis là-haut chacun réclame      [petits.
       Sa brouette de charbon,
       Puisqu'il donne à tous la flamme.
          Le travail est bon. »

1<sup>er</sup> Mineur. — Oui, notre travail est bon et notre tâche est belle. Si nous donnons à l'industrie tout entière le précieux combustible sans lequel le progrès ne saurait se réaliser, nous donnons aussi la joie à chaque foyer.

Quand l'hiver est venu, la famille se rassemble pour les bonnes heures de la veillée. Qu'il fait bon ! Comme on se sent paisible et rassuré et comme le courage revient au travailleur fatigué lorsqu'il se retrouve au milieu des siens. La flamme du foyer ranime la flamme des cœurs ; on se sent mieux uni et plus fraternel.

Et les petits enfants, comme ils sont heureux, au retour de l'école, de venir chauffer leurs mains à la bienfaisante chaleur.

Si notre vie est triste, notre rôle est beau, puisque notre travail peut donner tant de joie. Pensez quelquefois à nous, camarades forgerons, quand vous chantez en frappant l'enclume.

*Les deux mineurs se retirent sur le côté de la scène, près des forgerons.*

## SCÈNE III

### LE BOULANGER

*Il tient une longue pelle à enfourner le pain. Il chante avec entrain et gaieté.*

*(Chant).*

> Dans le four tu ris encore
> Bonne pâte et tu te dore
> Sur la pelle du mitron.
> Viens fêter l'aurore
> Pain joyeux, joli pain blond.
> Des amis te mangeront.

*(Se tournant à demi vers tous les autres).* —
Vraiment, vous m'amusez, vous autres. Et mon
rôle à moi, n'est-il pas le plus auguste de tous ?
Je suis votre nourricier. Avec le blé que vous
faites pousser, paysans, je fais le pain, le bon pain
qui vous rend des forces, ô travailleurs, pour
accomplir votre labeur quotidien.

Pour que votre bras soit plus nerveux et votre
corps plus robuste, vous avez tous besoin de moi,
paysans, forgerons, mineurs ; comme du reste
tous les travailleurs de la terre.

Mais si ma tâche est belle, mon travail est rude.
Pour que vous trouviez le matin ce beau pain à
la croûte dorée, qui vous réjouira, il me faut
peiner péniblement, la nuit, pendant que vous
dormez......

Aussi, je suis bien fatigué... *(s'éloignant)* et le
repos que je vais prendre, je l'ai bien mérité.

*Il se retire derrière les mineurs et les forgerons.*

## SCÈNE IV

### LES TISSERANDS

Deux femmes et deux hommes en costumes
de travail

*(Chant).*

Le tisserand dès l'aube se démène
Tout en croisant la trame avec la chaîne.
Comment, dit-il, pourrais-je fuir la gêne.
    Et tipe-tape, et tipe-tape

Un fil cassé, du temps perdu.
Comment pourrais-je avoir mon dû
    Iroun lon la.
En poussant la navette le beau temps viendra.

Il peut tisser velours, coton ou laine
Pour le dimanche ou bien pour la semaine.
Il a beau faire, il est toujours en peine.
    Et tipe-tape, et tipe-tape.
Et couché tard, levé matin,
Ourdis la toile ou le satin
    Iroun lon la.
En poussant la navette le beau temps viendra.

1er TISSERAND. — C'est vrai, que notre métier est pénible : Enfermés à l'usine toute la journée, dans une atmosphère chargée de poussière. On n'a point d'appétit ; le soir on est bien las.

2e TISSERAND. — Et pour tant de peine, gagner si peu. Tout compte fait, en se privant beaucoup, on joint à peine les deux bouts à la fin de l'année.

3e TISSERAND. — C'est méconnaître notre valeur, en somme ; si les hommes n'avaient point notre travail, comment se vêtiraient-ils ?

4e TISSERAND. — Bien sûr. Tout le monde a besoin de nous. Riches, pauvres, ouvriers des villes et des campagnes, tous ont besoin des tisserands pour se vêtir.

## SCÈNE V

## LES TISSERANDS — LES COUTURIÈRES

*Pendant la réplique du dernier tisserand, les couturières sont entrées en scène.*

1re Couturière. — Ils ont aussi besoin de nous, camarades ; car l'étoffe que vous tissez ne peut pas être utilisée pour faire des vêtements sans passer par nos mains.

Si notre rôle est modeste, il est tout aussi indispensable que le vôtre, tisserands, et tous les hommes ont aussi besoin de nous. Ils nous doivent les vêtements chauds et confortables de l'hiver, les vêtements légers et pratiques de l'été.

Avec un peu d'art et beaucoup d'adresse, nous savons mettre de la beauté en de simples choses, et c'est plaisant à l'œil, un vêtement bien coupé, qui met en relief les lignes du corps humain.

1er Tisserand. — C'est vrai, vous complétez notre œuvre.

4me Tisserand. — Et puis, nous avons confiance en l'avenir. Les temps seront meilleurs à ceux qui viendront après nous.

(*Chant des tisserands*).

Non, pour *nous* (1) seuls ; mais bien pour tous
[*nos* frères
Les meurt-de-faim, les gueux, les pauvres hères,

------

(1) Pour le besoin de la cause, changer *lui* en *nous* et *ses* en *nos*.

Se lèvera l'aurore *qu'on* espère.
　Et tipe-tape, et tipe-tape,
　Entends bruire la cité
　Où l'on travaille en liberté,
　　Iroun lon la.
En poussant la navette le beau temps viendra.



## SCÈNE VI

### LES COUTURIÈRES – L'INSTITUTRICE
#### puis le FACTEUR



2ᵐᵉ COUTURIÈRE. -- Nous ne sommes pas en retard, bonne Madame David ?

L'INSTITUTRICE. — Non, mes enfants.

3ᵐᵉ COUTURIÈRE. — Eh bien, au travail. Finissons vite la petite layette du bébé qu'attendent nos amis les fermiers. La maman a tant à faire avec les travaux de la ferme qu'elle a dû se reposer sur nous du soin de ce mignon trousseau.

4ᵐᵉ COUTURIÈRE. — Puis ensuite, nous aurons des vestes de travail à faire pour les forgerons.

L'INSTITUTRICE. — Oui, dépêchons-nous, mes amies ; je vais vous donner un bon coup de main.

1<sup>re</sup> Couturière. — Si on chantait un peu. Le chant aide le travail.

2<sup>me</sup>, 3<sup>me</sup> et 4<sup>me</sup> Couturière. — Chantons !

    — O ma mignonne aiguille
    Veille sur moi toujours.
    Donne à la jeune fille
    Un précieux secours.
    En voltigeant légère
    Aide mes chers parents ;
    Aide aussi la misère
    De ceux qui vont pleurant.

    — O ma mignonne aiguille
    J'ai des chagrins parfois.
    Pour une pauvre fille
    Douce est alors ta voix.
    Elle dit sans relâche :
    « Travaille, grande sœur !
    Qui fait son humble tâche
    Goûte la paix du cœur. »

L'Institutrice. — Que j'aime la douceur de ce chant.

Le Facteur. — (*Il fait irruption, joyeusement, en chantant*).

    — C'est moi qui porte les paquets,
    Lettres, journaux, cartes, billets.
    C'est moi le facteur du canton,
    Le facteur du canton de Barbizon.

— Bonjour ! la compagnie. Est-ce par ici que je vais trouver Madame David ?

L'Institutrice. — Oui, oui. C'est moi.

LE FACTEUR (*tirant de son sac une lettre et un carnet*). — C'est bien vous (*lisant sur l'enveloppe*): Madame Blanche David, institutrice en retraite ?

L'INSTITUTRICE. — C'est bien cela.

LE FACTEUR. — C'est une lettre recommandée. Y a une signature à donner.

> *L'institutrice prend la lettre et signe sur le carnet.*

LE FACTEUR. — Quel rude métier que le nôtre !

L'INSTITUTRICE. — Oui, mon ami. Il fait chaud sur les grandes routes, l'été ; l'hiver, il y fait bien froid. Et lorsque la boue ou la neige emplit les chemins, la marche est pénible. Mais songez en retour combien vous êtes le bienvenu partout. On est toujours heureux de l'arrivée du facteur.

LE FACTEUR. — C'est vrai, ma bonne dame ; mais pourtant, quelquefois, nous portons des nouvelles qui font couler des larmes...
...Allons, au revoir, la compagnie.

> *Il s'éloigne.*

L'INSTITUTRICE. — Hélas ! c'est la loi de la vie. Joie et douleur se suivent et s'emmêlent au fil de nos jours. Quand on a longuement vécu, comme moi, on en arrive à conclure qu'il faut être bon, aussi bon qu'on peut l'être, pour corriger ce que la vie a de mauvais.

## SCÈNE VII

### LE MENUISIER

*Il entre en scène et chante, un rabot en main.*

Ris toujours, c'est ma devise,
Menuisier, c'est mon état.
J'ai goûté, sans gourmandise,
A la soupe du soldat.
Dans les îles, pour la France,
J'ai chanté sous les drapeaux ;
Au retour, ma préférence
Fut pour vous, jolis copeaux...

— N'est-ce pas agréable de les faire voltiger, les jolis copeaux de bois, dans l'atelier? Et toutes ces choses qui sortent de nos mains, à nous, menuisiers! Quel plaisir de songer aux services que nous rendons. Les hommes nous doivent tous les meubles dont ils ont besoin. Ils nous doivent aussi les meubles agréables et gracieux qui parent leurs demeures...

...Mais voici des camarades.

## SCÈNE VIII

LE MENUISIER — LE MAÇON — LE PEINTRE LE CHARPENTIER — LE SERRURIER — LE PLOMBIER — LE COUVREUR — puis les FORGERONS — LES MINEURS — LES TISSE-RANDS — LES COUTURIÈRES — L'INSTI-TUTRICE.

*Les ouvriers du bâtiment entrent en scène, vêtus professionnellement et ayant en main les divers instruments qui leur sont propres.*

LE MAÇON. — Sans doute, camarade menuisier,

l'homme a besoin de toi pour meubler, parer, rendre agréable sa demeure ; mais il a besoin de nous pour la bâtir.

Le Charpentier et le Couvreur *(ensemble)*. — Il a besoin de nous pour la couvrir.

Le Serrurier. — Il a besoin de nous pour la fermer.

Le Peintre. -- Il a besoin de nous pour la rendre claire et gaie, l'orner de jolies couleurs aux nuances bien harmonisées. Le logis du travailleur doit être un réconfort pour ses yeux. C'est à nous qu'échoit la tâche de mettre un peu d'art et de beauté autour de nos frères. Et nous sommes fiers de cet humble rôle : Nous sommes les artistes des artisans.

Le Charpentier. — L'homme a besoin de pain pour se nourrir, c'est évident ; de vêtements pour se couvrir ; de feu pour se chauffer.

Mais il a besoin d'une maison, d'une demeure bien close et bien chaude qui le garantisse des rigueurs de l'hiver, des ardeurs de l'été et qui abrite sa jeune famille. Il a besoin d'un toit, d'un foyer qui l'accueille, le soir, après le rude travail de la journée. Là, il se reposera en sécurité, entouré de l'affection des siens.

Dans le lointain des âges, quand l'homme commença à devenir l'homme ; quand, tout doucement, il se dégagea de la brute, le foyer fut un des besoins qui les premiers se firent impérieusement sentir.

Après les cavernes et les grottes, que lui offrait gratuitement la nature, nous le voyons, de ses mains encore inhabiles, édifier les premières huttes. Puis ce furent des cabanes basses et étroites, puis des chaumières, des maisonnettes rustiques, construites simplement, sans bases, ni plans bien précis.

Mais à mesure que la civilisation s'est développée, la maison est devenue plus belle, plus saine, plus agréable au regard et plus confortable à la vie ; elle a bénéficié de toutes les acquisitions du progrès...

...La maison, mes amis, c'est le chef-d'œuvre de l'homme.

LE MENUISIER. — Sans doute, camarades ; mais j'y participe aussi, moi. C'est le menuisier qui confectionne les portes et les fenêtres par où entreront l'air pur, la lumière, le soleil et la joie.

*Les deux forgerons se sont lentement rapprochés,*

UN FORGERON. — Et nous aussi, les forgerons, nous aidons les hommes à construire leurs demeures.

LE MAÇON. — Eh bien, camarades, chantons la Maison, notre œuvre à tous ici.

*(Ils chantent).*

I

Charpentier solide et hardi maçon,
    Bâtissez la maison,
    Bâtissez la maison,
Coiffe-là de tuile ou de fine ardoise
Couvreur que je vois si vaillant,
Citadine ou villageoise,
Qu'elle ait un sourire accueillant.

Peintre, fais-là claire et jolie,
Ferme-là bien, bon serrurier.
A vous tous, adroits ouvriers,
Faites-en une œuvre accomplie.
Jardinier, pare-là de fleurs.
Achevez la maison de l'homme, ô travailleurs,
Achevez la maison de l'homme, ô travailleurs !

*Le boulanger et les mineurs sont venus, à la fin
dn couplet, se joindre aux chanteurs.*

*(Chant).*

## II

Bâtissez pour tous un fidèle abri,
Qui soit tendre et chéri,
Qui soit tendre et chéri.
Pour les jours d'épreuve et les jours de fête,
Que chaque famille ait le sien ;
Par le gel et la tempête
Il faut que l'aïeul y soit bien.
Doux au nouveau-né que l'on berce
Plein de beaux rires triomphants,
Qu'il demeure cher aux enfants
Si la vie un jour les disperse.
Pour la joie et le temps des pleurs,
Achevez la maison de l'homme, ô travailleurs,
Achevez la maison de l'homme, ô travailleurs !

*Vers la fin du 2ᵉ couplet, les couturières ont
quitté leur travail et sont venues, ainsi que
l'institutrice, se joindre aux chanteurs. — Avant
la reprise du 3ᵉ, les tisserands s'y sont joints
aussi.*

*(Chant).*

### III

Plus de pauvres gens sur le grand chemin
> Pour nous tendre la main,
> Pour nous tendre la main.
Les petits pieds nus que transit la neige
Ont droit aux foyers réchauffants
Sous un toit qui les protège
Chacun nourrira ses enfants.
Tout cela, dit-on, n'est qu'un rêve,
Mais nous ferons qu'il soit réel
Que pour tous, enfin, sous le ciel,
Un logis paisible s'élève.
A l'aurore des jours meilleurs,
Achevez la maison de l'homme, ô travailleurs,
Achevez la maison de l'homme, ô travailleurs !

L'Institutrice *(s'adressant à tous).* — Et voyez, mes enfants, comme cette pensée de la maison, du foyer de famille dont nous avons tous besoin, dont nous sentons tous la nécessité, vous a rapprochés tous et a mis fin à vos petites querelles sur la question des métiers.

Tous les métiers sont utiles, voyez-vous ; tous sont nécessaires. Les hommes ont tous besoin les uns des autres.

Et il faut aussi que je vous rappelle, pendant que nous sommes sur ce sujet, des travailleurs que vous pourriez oublier : « les travailleurs de la pensée », savants, inventeurs, professeurs, poètes, écrivains, artistes. Eux aussi sont nécessaires à l'humanité et vous avez besoin d'eux comme ils ont besoin de vous.

Il n'y a que les paresseux et les oisifs qui ne devraient pas avoir de place au grand banquet social. Mais souvenez-vous bien, mes amis, qu'on n'est pas nécessairement un oisif et un paresseux parce qu'on a des mains blanches. Moi qui vous parle, j'ai été institutrice toute ma vie dans ces villlages. Beaucoup d'entre vous ont été mes élèves ! et si mes mains ne sont pas rudes comme les vôtres, paysans et ouvriers, mes amis j'ai cependant beaucoup travaillé...

(*Tous*). — Vive notre vieille maîtresse d'école !

UNE COUTURIÈRE. — Elle a raison.

UN TISSERAND. — Plus de querelles, soyons unis !

L'INSTITUTRICE (*se tournant tout à fait vers les paysans restés au fond*). — Et vous, les Jacques, faites la paix. Serrez la main de vos camarades. Il ne doit pas y avoir de division entre les travailleurs. Voilà trop longtemps que ce vieil esprit de méfiance jette la discorde parmi les prolétaires.

LE LABOUREUR. — Les artisans des cités sont fiers ; ils nous accablent de leur dédain.

LE SEMEUR. — Ils nous méprisent.

LE MENUISIER. — Et vous, de votre côté, vous nous insultez ; vous nous traitez de fainéants.

L'INSTITUTRICE (*riant*). — Voyez, mes amis, comme ces querelles sont sottes. Mais est-ce que nous n'en sommes pas tous des Jacques ? des descendants de ces rudes et pauvres travailleurs de jadis ? Si chacun cherchait bien, il trouverait dans ses ancêtres, peut-être pas très loin, une origine paysanne. Ainsi, moi, mon grand-père était cultivateur et mon père fut maraîcher.

Un Tisserand. — Moi, mon père était valet de ferme.

Le Boulanger. — Et moi mon grand-père était berger.

Une Couturière. — Moi, ma grand'mère était vachère dans sa jeunesse.

Le Charpentier. — Et moi, mon grand-père était tisserand de village, du temps des vieux métiers à la main. Il était ouvrier agricole en été et il tissait quand le travail de la terre faisait défaut.

L'Institutrice. — Bravo ! vous voyez bien que nous avons tous des origines communes. Alors, c'est dit, on fait la paix, les Jacques ?


## SCÈNE IX

### LES MÊMES – LES PAYSANS

*Tous les paysans s'avancent et l'un d'eux se détache du groupe.*

Le Paysan. — C'est dit ! on fait la paix.

(*Tous*). — Faisons la paix.

Un autre Paysan. — C'est vrai, ce que vous avez dit, Madame l'Institutrice ; nous avons tous des origines communes. Si les hommes s'en rappelaient mieux, le temps des guerres serait depuis longtemps fini.

Une Paysanne. — Tous nous travaillons péniblement pour gagner notre vie.

Un Paysan. — Et c'est vrai que nous descendons tous des gueux du temps passé.

Une autre Paysanne. — Nous sommes tous des Jacques !

Un Forgeron. — Vivent les Jacques !

(*Tous*). — Vivent les Jacques !


(*Chant*).


Il faut, bons paysans de France,
Comprendre aussi les temps nouveaux ;
Il faut chasser de nos cerveaux
L'aveugle et stupide ignorance.
Pour créer le juste avenir,
Il faut apprendre à nous unir,
Nous tous ouvriers de la terre.
Travailleurs des champs et d'ailleurs,
Par tous pays nous sommes frères.
Marchons ensemble aux jours meilleurs.
        Vivent les Jacques,
Paysan aux robustes bras.
Chante alleluia, car voici tes Pâques,

Libre à jamais tu resteras.
        Vivent les Jacques,
        Vivent les Jacques !

## SCÈNE FINALE

### TOUS

*Tous les travailleurs se sont groupés en demi-
cercle ; faisant fond, les paysans ; sur un côté
les tisserands et les conturières avec les mineurs,
le facteur et le boulanger ; sur l'autre, les forgerons et tous les ouvriers du bâtiment. L'institutrice, un peu en avant, se trouve au milieu
d'eux tous.*

Le Maçon *(se détachant du groupe et s'adressant à tous).* — Mes amis, nous avons chanté
tous les métiers! Nous avons reconnu que tous
les travailleurs avaient besoin les uns des autres.

Avant de nous séparer, si nous donnions un
chant au souvenir de ceux dont vient de nous
parler notre vieille institutrice ; à ces travailleurs
de la pensée qui, depuis des générations et des
générations, nous précèdent sur cette grande
route du progrès, nous éclairant du flambeau
qu'ils élèvent sur le monde.

Une Paysanne. — L'Hymne aux Bienfaiteurs
de l'Humanité ?

Le Maçon. — Celui-là même.

Le Charpentier. — Oui, celui-là. Et qu'il soit
aussi en l'honneur de notre vieille amie qui, en
nous parlant le langage de la sagesse et de la
raison, nous a rappelé le grand lien de fraternité
qui devrait unir tous les hommes.

*(Chant).*

### I

Au travers l'immense nature
Egarés nous allions sans fin,
Mais là-bas dans la nuit obscure
Brille et marche un flambeau divin.
Sa clarté librement suivie
Nous rassure et nous rend la vie.
Gloire à vous qui sur le chemin
Nous précédez, la torche en main.
— Gloire ! gloire au génie,
Guide éclatant du genre humain.

### II

O penseurs, savants, vrais apôtres,
Qu'il est beau votre effort puissant ;
Doux héros, vous laissez à d'autres
Les triomphes souillés de sang.
Saluant toutes les patries,
Vous voulez que la paix sourie.
Gloire à vous là-haut sur la tour
Qui les premiers verrez le jour.
— Gloire ! gloire au génie
Qui nous promet l'immense amour.

### III

Que l'esprit par vous asservisse
La nature entr'ouvant ses lois,
Que partout la beauté fleurisse,
Mêlez-vous innombrables voix,
Lève-toi radieuse amie
Sainte aurore splendeur bénie ;
Gloire à vous, porteurs de flambeaux,
Qui nous montrez les cieux si beaux.
— Gloire ! gloire au génie,
Fier précurseur des temps nouveaux !

RIDEAU

# INDEX DES CHANTS CITÉS

## PREMIER TABLEAU

Scène I. — CHANSON DE LABOUR.
(1ᵉʳ et 3ᵉ couplets)

*Chants populaires pour les
Ecoles. — 1ʳᵉ série.*

Scène II. — LE SEMEUR.
(1ᵉʳ et 5ᵉ couplets)

*Chants populaires pour les
Ecoles. — 2ᵉ série.*

Scène IV. — LES JACQUES.
(1ᵉʳ couplet)

*Chants populaires pour les
Ecoles. — 3ᵉ série.*

## DEUXIÈME TABLEAU

Scène I. — LE CHANT DES APPRENTIS
FORGERONS.
(1ᵉʳ, 2ᵉ et 6ᵉ couplets)

*Nouvelles chansons pour
nos Enfants.*

Scène II. — LE CHANT DES MINEURS.
(1ᵉʳ, 2ᵉ et 3ᵉ couplets)

*Chants populaires pour les
Ecoles. — 2ᵉ série.*

Scène III. — Pour rompre le Pain.
(3e couplet)

*Nouvelles chansons pour nos Enfants.*

Scène IV. — La Chanson du Tisserand.
(1er, 3e et 5e couplets)

*Chants populaires pour les Ecoles. — 3e série.*

Scène VI. — La Chanson de l'Aiguille.
(2e et 3e couplets)

*Chants populaires pour les Ecoles. — 2e série.*

Scène VII. — Le Joyeux Menuisier.
(1er couplet)

*Chants populaires pour les Ecoles. — 2e série.*

Scène VIII. — La Maison.
(Les 3 couplets)

*Chants populaires pour les Ecoles. — 3e série.*

Scène IX. — Les Jacques.
(3e couplet)

Scène X. — Hymne aux Bienfaiteurs de l'Humanité.
(Les 3 couplets)

*Chants populaires pour les Ecoles. — 3e série.*

Nota. — Le refrain chanté par le facteur à la scène VI n'est pas de Maurice Bouchor. C'est un refrain populaire bien connu.

## EDITEURS

# CHANTS POPULAIRES
## POUR LES ÉCOLES

*Poésies de Maurice Bouchor*
*Musique de Julien Tiersot*

1<sup>re</sup> série. — Paroles et Chant
2<sup>me</sup> série.  —  —
3<sup>me</sup> série.  —  —

A  LA  LIBRAIRIE  HACHETTE  ET  C<sup>ie</sup>
79, Boulevard St-Germain
PARIS

# LES MÊMES OUVRAGES
*Grand format*

Paroles, Chant et Accompagnement

ROUART, LEROLLE ET C<sup>ie</sup>, Editeurs
29, Rue d'Astorg
PARIS

# NOUVELLES CHANSONS
## POUR NOS ENFANTS

*Petit format :* Paroles et Chant

*G<sup>d</sup> format :* Paroles, Chant et Accompagnement

LIBRAIRIE E. GALLET
6, Rue Vivienne
PARIS

**NOTA.** — *La " Société d'Edition et de Librairie de l'Avenir Social " peut procurer, sur demande, les ouvrages cités ci-dessus. — Demander prix et renseignements. Joindre un timbre pour la réponse.*

AUXERRE. — IMP. "L'UNIVERSELLE" (ASS. OUVR.)

www.ingramcontent.com/pod-product-compliance
Lightning Source LLC
LaVergne TN
LVHW011415170726
843501LV00006B/2219